GOSCINNY ET UDERZO
PRÉSENTENT
UNE AVENTURE D'ASTÉRIX

ASTÉRIX
CHEZ LES BRETONS

Texte de **René GOSCINNY**   Dessins d'**Albert UDERZO**

HHHACHETTE
HACHETTE LIVRE - 43, quai de Grenelle, 75905 Paris Cedex 15

AVEZ-VOUS TOUT LU ?

ÉGALEMENT ÉDITÉES PAR LES ÉDITIONS ALBERT RENÉ

LES AVENTURES D'ASTÉRIX LE GAULOIS

ALBUMS DE FILM

ALBUM ILLUSTRÉ

DES MÊMES AUTEURS AUX ÉDITIONS ALBERT RENÉ

LES AVENTURES D'OUMPAH-PAH LE PEAU-ROUGE

LES AVENTURES DE JEHAN PISTOLET

À PARAÎTRE :

© 1966 GOSCINNY-UDERZO
© 1999 HACHETTE
Dépôt légal : 6648-septembre 1999 - Édition 03   ISBN 2-01-210008-2
Imprimé en France par *Partenaires-Livres*®
« Loi n° 49-956 du 16 juillet 1949 sur les publications destinées à la jeunesse. »

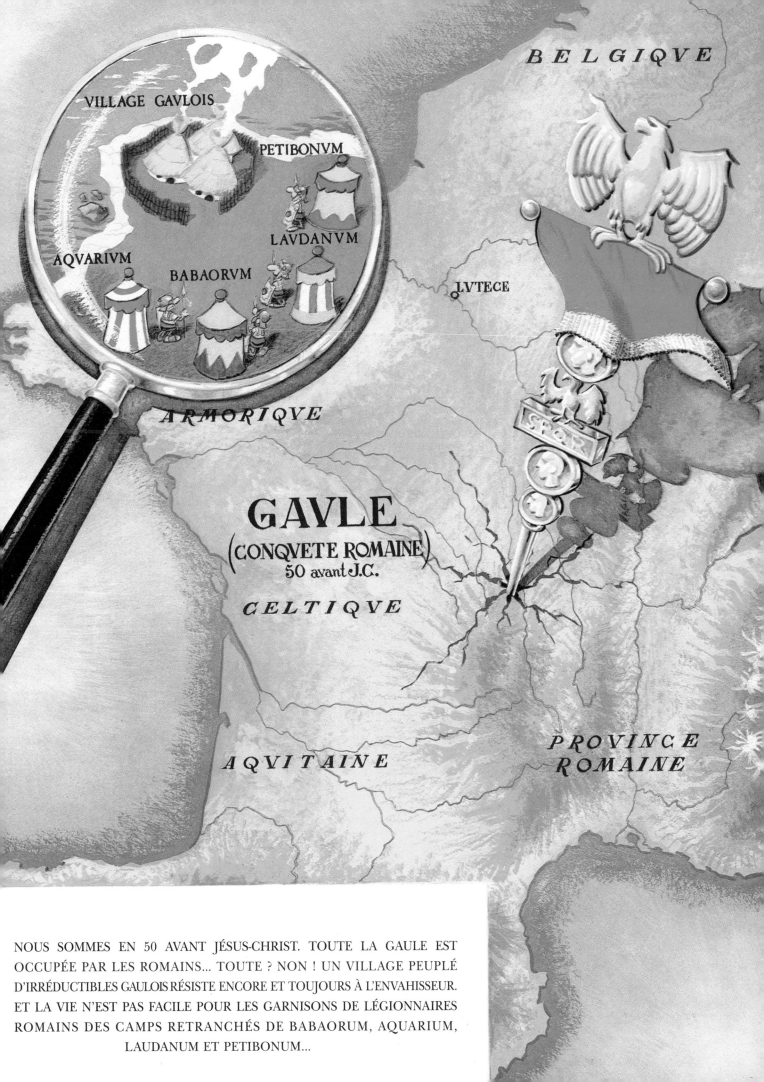

NOUS SOMMES EN 50 AVANT JÉSUS-CHRIST. TOUTE LA GAULE EST OCCUPÉE PAR LES ROMAINS... TOUTE ? NON ! UN VILLAGE PEUPLÉ D'IRRÉDUCTIBLES GAULOIS RÉSISTE ENCORE ET TOUJOURS À L'ENVAHISSEUR. ET LA VIE N'EST PAS FACILE POUR LES GARNISONS DE LÉGIONNAIRES ROMAINS DES CAMPS RETRANCHÉS DE BABAORUM, AQUARIUM, LAUDANUM ET PETIBONUM...

ASTÉRIX, LE HÉROS DE CES AVENTURES. PETIT GUERRIER À L'ESPRIT MALIN, À L'INTELLIGENCE VIVE, TOUTES LES MISSIONS PÉRILLEUSES LUI SONT CONFIÉES SANS HÉSITATION. ASTÉRIX TIRE SA FORCE SURHUMAINE DE LA POTION MAGIQUE DU DRUIDE PANORAMIX...

OBÉLIX EST L'INSÉPARABLE AMI D'ASTÉRIX. LIVREUR DE MENHIRS DE SON ÉTAT, GRAND AMATEUR DE SANGLIERS ET DE BELLES BAGARRES. OBÉLIX EST PRÊT À TOUT ABANDONNER POUR SUIVRE ASTÉRIX DANS UNE NOUVELLE AVENTURE. IL EST ACCOMPAGNÉ PAR IDÉFIX, LE SEUL CHIEN ÉCOLOGISTE CONNU, QUI HURLE DE DÉSESPOIR QUAND ON ABAT UN ARBRE.

PANORAMIX, LE DRUIDE VÉNÉRABLE DU VILLAGE, CUEILLE LE GUI ET PRÉPARE DES POTIONS MAGIQUES. SA PLUS GRANDE RÉUSSITE EST LA POTION QUI DONNE UNE FORCE SURHUMAINE AU CONSOMMATEUR. MAIS PANORAMIX A D'AUTRES RECETTES EN RÉSERVE...

ASSURANCETOURIX, C'EST LE BARDE. LES OPINIONS SUR SON TALENT SONT PARTAGÉES : LUI, IL TROUVE QU'IL EST GÉNIAL, TOUS LES AUTRES PENSENT QU'IL EST INNOMMABLE. MAIS QUAND IL NE DIT RIEN, C'EST UN GAI COMPAGNON, FORT APPRÉCIÉ...

ABRARACOURCIX, ENFIN, EST LE CHEF DE LA TRIBU. MAJESTUEUX, COURAGEUX, OMBRAGEUX, LE VIEUX GUERRIER EST RESPECTÉ PAR SES HOMMES, CRAINT PAR SES ENNEMIS. ABRARACOURCIX NE CRAINT QU'UNE CHOSE : C'EST QUE LE CIEL LUI TOMBE SUR LA TÊTE, MAIS COMME IL LE DIT LUI-MÊME : "C'EST PAS DEMAIN LA VEILLE !"

SUR LE MARE BRITANNICUM, BRAS DE MER QUI SÉPARE LA BRETAGNE DU CONTINENT, UN NAVIRE PIRATE NAVIGUE AVEC PRUDENCE...

BIEN! NOUS AVONS PU FAIRE SUFFISAMMENT D'ÉCONOMIES POUR ACHETER CE BATEAU, MAIS FAISONS ATTENTION; MÉFIONS-NOUS DES GAULOIS!

NAVI' A BABO'D!

SONT-CE DES GAULO'IS, PAR TOUTATIS?...

NON! SONT-CE DES 'OMAINS PA' JUPITE'!

PARFAIT, PARFAIT! HYARRGH! HYARRGH! HYARRGH!...

ÉNO'MÉMENT DE 'OMAINS! LA ME' EST COUVE'TE DE 'OMAINS!

?!?

MAIS?... MAIS?... FUYONS!

TROP TARD!...

B'''''''''! ELLE EST F'OIDE!

O FORTUNATOS NIMIUM, SUA SI BONA NORINT AGRICOLAS!

AU LIEU DE FAIRE DES CALEMBOURS FACILES, GARÇON, J'AIMERAIS MIEUX QUE TU ME DISES CE QUE C'ÉTAIT QUE ÇA!...

ÇA, C'ÉTAIT TOUT SIMPLEMENT JULES CÉSAR ALLANT ENVAHIR LA BRETAGNE, AVEC TOUTE SA FLOTTE ET TOUTE SON ARMÉE!

LA BRETAGNE AVAIT SOUVENT AIDÉ LA GAULE DANS SA LUTTE CONTRE LES ROMAINS. AUSSI, APRÈS AVOIR VAINCU LES GAULOIS, JULES CÉSAR DÉCIDE DE S'EMBARQUER À PORTUS ITIUS (BOULOGNE) POUR ENVAHIR LA GRANDE ÎLE.

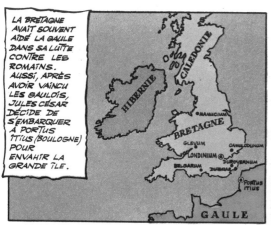

LES BRETONS RESSEMBLAIENT AUX GAULOIS ET BEAUCOUP D'ENTRE EUX ÉTAIENT LES DESCENDANTS DES TRIBUS VENUES DE GAULE POUR S'INSTALLER EN BRETAGNE. ILS PARLAIENT LA MÊME LANGUE QUE LES GAULOIS, MAIS AVAIENT UNE FAÇON UN PEU SPÉCIALE DE S'EXPRIMER...

BONTÉ GRACIEUSE! CE SPECTACLE EST SURPRENANT!

IL EST, N'EST-IL PAS?...

LES BRETONS ÉTAIENT COMMANDÉS PAR LE CHEF CASSIVELLAUNOS

MAIS LES BRETONS, MALGRÉ TOUTE LEUR BRAVOURE, AVAIENT D'ÉTRANGES COUTUMES QUI NUISAIENT À L'EFFICACITÉ DE LEURS ARMES...

AOH! JE PENSE QU'IL VA ÊTRE L'HEURE N'EST-IL PAS?

L'HEURE?... L'HEURE DE QUOI?

BANG!

JE DEMANDE VOTRE PARDON. NOUS CONTINUERONS PLUS TARD.

MAIS OÙ VONT-ILS, PAR JUPITER?

JE NE SAIS PAS, PAR MERCURE! ILS NOUS LAISSENT TOMBER EN PLEIN COMBAT. ÇA NE SE FAIT PAS, ÇA!

2A

... ILS S'ARRÊTAIENT TOUS LES JOURS À 5 HEURES, POUR BOIRE DE L'EAU CHAUDE...

JE PRENDRAI UN NUAGE DE LAIT, JE VOUS PRIE.

S'IL VOUS PLAIT, FAITES!

PUIS-JE AVOIR DE LA MARMELADE POUR LES RÔTIES?

SÛR, VOUS POUVEZ!

ET EN PLUS, ILS S'ARRÊTAIENT DEUX JOURS TOUS LES CINQ JOURS...

FIN DE SEMAINE. DÉSOLÉ!....

MAIS ILS M'AGACENT À LA FIN!!!

JULES CÉSAR, FIN STRATÈGE, DÉCIDA ALORS DE NE LIVRER BATAILLE QUE VERS CINQ HEURES TOUS LES JOURS ET TOUTE LA JOURNÉE LES JOURS DE REPOS DES BRETONS...

AOH! CHOQUANT. CE NE SONT PAS DES GENTILS HOMMES.

À L'ATTAQUE PAR JUNON!

ET BIENTÔT, CASSIVELLAUNOS DOIT SE SOUMETTRE ET TOUTE LA BRETAGNE EST OCCUPÉE...

2B

TOUTE? NON! CAR UN VILLAGE RÉSISTE ENCORE À L'ENVAHISSEUR. UN PETIT VILLAGE DANS LE CANTIUM...

LE PETIT VILLAGE QUI RÉSISTE VICTORIEUSEMENT AUX ASSAUTS ROMAINS, EST PEUPLÉ DE BRETONS TEIGNEUX, SOUS LES ORDRES DU CHEF ZEBIGBOS...

TCHAC!

IL Y A LÀ DES HOMMES VENUS DE TOUTE LA BRETAGNE, UNIS PAR LEUR AMOUR DE LA LIBERTÉ. PARMI EUX, DES HIBER-NIENS ET DES CALÉDONIENS...

O'TORINOLARINGOLOGIX ET MOI MÊME AVONS ÉTÉ CONVOQUÉS PAR LE CHEF, JOLITORAX.

OUI, MAC ANOTÉRAPIX, LA SITUATION EST ASSEZ SÉRIEUSE. PLUTÔT.

EN EFFET...

NOUS NE POURRONS PLUS TENIR BIEN LONGTEMPS CONTRE LES ROMAINS. IL NOUS FAUT DE L'AIDE.

MERCI. PAS DE SUCRE. DU LAIT. UN NUAGE.

J'AI UN COUSIN GERMAIN QUI HABITE EN GAULE. SON VILLAGE RÉSISTE DEPUIS LONGTEMPS AUX ROMAINS. IL PARAÎT QUE C'EST GRÂCE À UNE POTION MAGIQUE QUI LEUR DONNE UNE FORCE SURHUMAINE.

3-A

JOLITORAX! VA EN GAULE VOIR TON COUSIN ET RAPPORTE-NOUS DE LA POTION MAGIQUE. C'EST NOTRE DERNIER ESPOIR.

AOH. CELA ME PERMETTRA DE REVOIR MON CHER COUSIN ASTÉRIX: JE NE L'AI PAS VU DEPUIS LONGTEMPS. QUOI ?

JE PORTE UN TOAST AU SUCCÈS DE CETTE MISSION !

DÈS LA NUIT VENUE...

BONNE CHANCE, ET TOUTE CETTE SORTE DE CHOSES..

...L'HABILE JOLITORAX PARVIENT À SE GLISSER À TRAVERS LES LIGNES ROMAINES...

CETTE NUIT, ON EST TRANQUILLES : IL N'Y A PAS DE BROUILLARD, ILS NE VONT PAS ESSAYER DE SORTIR CES BRETONS.

...ET À ATTEINDRE LA CÔTE POUR S'EMBARQUER À BORD D'UN FRÊLE ESQUIF, EN DIRECTION DE LA GAULE.

JOLITORAX A ÉTÉ ÉLEVÉ DANS LA TRIBU DES CAMBRIDGES QUI SONT, AVANT TOUT, D'EXCELLENTS RAMEURS.

TCHAC!   TCHAC!

LA PAIX RÈGNE DANS LE PETIT VILLAGE GAULOIS QUE NOUS CONNAISSONS BIEN. ELLE RÈGNE MÊME TELLEMENT QUE...

JE M'ENNUIE, ASTÉRIX. IL N'Y A PRESQUE PLUS DE ROMAINS.

TU SAIS BIEN, OBÉLIX, QUE LES ROMAINS SONT EN BRETAGNE, POUR LA PLUPART

MAIS, CE N'EST PAS JUSTE ÇA! SI LES BRETONS VEULENT S'AMUSER AVEC LES ROMAINS, ILS N'ONT QU'À VENIR ICI, AU LIEU DE LES EMMENER CHEZ EUX!

POUR LA DERNIÈRE FOIS, OBÉLIX : LES BRETONS N'ONT PAS EMMENÉ LES ROMAINS CHEZ...

HEM HEM!

PLOUF!

JE DIS MESSIEURS: POURRIEZ-VOUS M'INDIQUER LA RÉSIDENCE DE Mr ASTÉRIX?

?!

JE SUIS ASTÉRIX!

JE DIS. ÇA C'EST UN MORCEAU DE CHANCE! JE SUIS JOLITORAX! SECOUONS-NOUS LES MAINS!

JOLITORAX! MON COUSIN GERMAIN!

ET ÇA, C'EST OBÉLIX, MON MEILLEUR AMI!

SECOUONS-NOUS LES MAINS!...

BON.

OBÉLIX!

BOM!
BOM!
BOM!
BOM!

MAIS C'EST CE GERMAIN QUI M'A DIT...

CE N'EST PAS UN GERMAIN, C'EST UN BRETON ET IL NE PARLE PAS TOUT À FAIT COMME NOUS.!!!

SPLENDIDE! SPLENDIDE!

QUELLE FORCE! ELLE VOUS VIENT DE LA MAGIQUE POTION?

OUI, OBÉLIX EST TOMBÉ DANS LA POTION MAGIQUE QUAND IL ÉTAIT PETIT!...

ON LE SAURA!

JUSTEMENT, COUSIN ASTÉRIX, IL NOUS FAUT DE LA MAGIQUE POTION POUR COMBATTRE LES ROMAINES ARMÉES.

VIENS, JOLITORAX, NOUS ALLONS PARLER À ABRARACOURCIX, NOTRE CHEF!

POURQUOI PARLEZ-VOUS À L'ENVERS?

JE DEMANDE VOTRE PARDON?

JE...??!

C'EST UN GERMAIN BRETON, MAIS IL NE FAUT PAS LE SECOUER TROP FORT, MÊME S'IL LE DEMANDE.

?

LES EXPLICATIONS D'ASTÉRIX AYANT ÉTÉ PLUS CLAIRES QUE CELLES D'OBÉLIX...

NOUS VOUS AIDERONS! JE VAIS DEMANDER À PANORAMIX, NOTRE DRUIDE, DE PRÉPARER DE LA POTION MAGIQUE. BEAUCOUP DE POTION MAGIQUE!

EN ATTENDANT, VIENS CHEZ MOI, JOLITORAX.

JE SERAI RAVI, J'EN SUIS SÛR, D'ALLER DANS LA VÔTRE MAISON!

VOUS AVEZ VU MON CHIEN PETIT?

QUE PUIS-JE T'OFFRIR, JOLITORAX? UN SANGLIER? DU LAIT DE CHÈVRE? DE LA CERVOISE?

UNE TASSE D'EAU CHAUDE AVEC UN NUAGE DE LAIT JE VOUS PRIE.

???

ILS SONT BEAUX CES VÊTEMENTS... SCROTCH! SCRONTCH!

C'EST DU TISSU DE CALÉDONIE. NOUS APPELONS CELA DU TWEED.

SLIP! SLIP! C'EST CHÈR?

MON TAILLEUR EST RICHE.

VENEZ CHEZ MOI, LA POTION MAGIQUE EST PRÊTE. C'EST POUR EMPORTER, JE CROIS?

DANS CE TONNEAU, IL Y A DE QUOI DONNER DE LA FORCE À TOUTE TA TRIBU, ET DES SOUCIS À TOUS LES ROMAINS.

JE SUIS TRÈS RECONNAISSANT À VOUS, DRUIDE PANORAMIX...

MAIS COMMENT VAIS-JE FAIRE, TOUT SEUL, POUR EMPORTER CE GRAND TONNEAU EN BRETAGNE ?

ÉVIDEMMENT, TU POURRAIS BOIRE DE LA POTION POUR AVOIR LA FORCE DE PORTER LE TONNEAU MAIS CE SERAIT BÊTE D'UTILISER LA POTION POUR ÇA.

PLUTÔT.

TU PENSES À CE QUE JE PENSE, OBÉLIX ?

OH. OUI, ASTÉRIX! PUISQUE LES ROMAINS SONT EN BRETAGNE, ALLONS RIGOLER EN BRETAGNE.

EH BIEN, JOLITORAX, SI NOTRE CHEF LE PERMET, NOUS IRONS AVEC TOI EN BRETAGNE.

MERVEILLEUX!... MAIS JE NE VOUDRAIS PAS ÊTRE UN ENNUI POUR VOUS..

TIENS! VOICI LE CHEF.

JE SUIS D'ACCORD, ASTÉRIX, POUR QUE VOUS ALLIEZ FAIRE UN DÉBARQUEMENT EN BRETAGNE... IL RESTE SI PEU DE ROMAINS DANS NOTRE RÉGION, QUE NOUS POUVONS NOUS PASSER DE VOUS QUELQUE TEMPS.

JE DIS! ÇA, C'EST UN MORCEAU DE CHANCE!

NOUS ALLONS REVOIR LES ROMAINS! NOUS ALLONS REVOIR LES ROMAINS! TRALALA!

OUAH! OUAH!

ATTENDEZ. JE VAIS VOUS REMPLIR DES GOURDES DE POTION POUR LE VOYAGE.

QUELLES SONT CES HERBES ÉTRANGES, PANORAMIX ?

CE SONT DES HERBES QUI VIENNENT DE TRÈS LOIN. JE NE SAIS PAS ENCORE À QUOI ELLES SERVENT. TU PEUX EN PRENDRE SI ÇA T'AMUSE.

NOS AMIS ONT FINI LEURS PRÉPARATIFS DE DÉPART...

TU SERAS BIEN SAGE PENDANT MON ABSENCE, HEIN IDÉFIX ?

SNIF!

...ET TOUT LE VILLAGE EST RÉUNI POUR FAIRE SES ADIEUX AUX COURAGEUX VOYAGEURS

LYRE ? QUELLE LYRE ? NON, JE N'AI PAS VU TA LYRE, ASSURANCETOURIX.

MAIS ALORS... POUR MON CHANT D'ADIEU ?

CRAC!

NOUS AURIONS DÛ EMPORTER QUELQUES VIVRES.

BONTÉ GRACIEUSE! POURQUOI FAIRE? EN BRETAGNE, LA NOURRITURE EST DÉLICIEUSE, ELLE VOUS PLAIRA J'EN SUIS SÛR, QUOI?

AH! VOICI MON BATEAU.

IL N'EST PAS GROS!

IL EST PLUS PETIT QUE LE JARDIN DE MON ONCLE...

...MAIS IL EST PLUS GRAND QUE LE CASQUE DE MON NEVEU.

À CE MOMENT, UNE GALÈRE ROMAINE QUITTE DUBRAE (DOUVRES), EN BRETAGNE ET SE DIRIGE VERS LA GAULE, RAMENANT À SON BORD, UNE PARTIE DE LA GARNISON DU CAMP FORTIFIÉ D'AQUARIUM...

TU DOIS ÊTRE HEUREUX, Ô TULLIUS STRATOCUMULUS, DE RETROUVER TON CALME CAMP FORTIFIÉ D'AQUARIUM, APRÈS CETTE RUDE CAMPAGNE CONTRE LES BRETONS!

DANS MA RÉGION, IL Y A UN VILLAGE DE FOUS, ET PLUTÔT QUE DE LES RETROUVER PAR JUPITER, JE PRÉFÈRE N'IMPORTE QUELLE CAMPAGNE.

FRÊLE ESQUIF, DROIT DEVANT!

?!

7

11

AHAHA, PAR BÉLISAMA!

NOUS VOILÀ!

MAIS... MAIS QU'EST-CE QU'ILS FONT? MAIS QU'EST-CE QU'ILS...

...FONT?

TCHAC!

VOTRE MAGIQUE POTION EST FORMIDABLE! VOYEZ CE QUE JE FAIS DE CE ROMAIN LÉGIONNAIRE!

POC!

BONG! BONG! BONG!

ICI! ICI! ICI! ALLONS, ICI!

NON! NON! NON! NON!

NOUS SOMMES PERDUS! CE SONT LES FOUS DONT JE T'AVAIS PARLÉ!

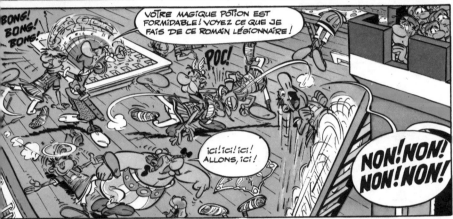

DIS, ASTÉRIX, SI ON S'EMPARAIT DE LA GALÈRE POUR TRANSPORTER LE TONNEAU DE POTION EN BRETAGNE?

NE PARLE PAS DE POTION, DES OREILLES ENNEMIES NOUS ÉCOUTENT. ET PUIS NOTRE BARQUE EST PLUS DISCRÈTE ET PLUS MANIABLE QUE CE VAISSEAU.

ON NE VOUS GÈNE PAS, AU MOINS, PENDANT QUE VOUS PARLEZ?

PAF! PAF! PAF!

TIENS? QUE SE PASSE-T-IL?

C'EST LE BROUILLARD ASTÉRIX. IL TOMBE VITE DANS CETTE RÉGION. BIENTÔT, ON NE VERRA PLUS RIEN.

BONG! BONG!

C'EST TOI ASTÉRIX?

OU... OU... OUI.

AH OUI? ALORS POURQUOI N'AS-TU PAS DE MOUSTACHES, HEIN?

PAF! PAF! PAF! PAF! PAF!

PITIÉ! PITIÉ! PITIÉ!

BON! ASSEZ RI! JOLITORAX! OBÉLIX! RETOURNONS À BORD DE NOTRE BARQUE. CETTE ESCALE N'A QUE TROP DURÉ.

OH OUI, PAR JUPITER!

LE BROUILLARD SE LÈVE POUR RÉVÉLER UN TRISTE SPECTACLE...

PITIÉ! PITIÉ! PITIÉ! PITIÉ! PITIÉ! PITIÉ! PITIÉ! PITIÉ! PITIÉ!

HOP!

BIEN. ILS SONT PARTIS. MAINTENANT QU'ON METTE LE BATEAU EN ORDRE ET QU'ON N'EN PARLE PLUS. HMM?

♪♪ ♪

PARLONS-EN, AU CONTRAIRE! CES IRRÉDUCTIBLES GAULOIS VONT EN BRETAGNE ET ILS TRANSPORTENT UN TONNEAU DE POTION MAGIQUE! JE LES AI ENTENDUS! IL FAUT PRÉVENIR NOS CHEFS EN BRETAGNE!

RE...RETOURNER EN BRETAGNE?!

TOUT... TOUT ÇA POUR UN PEU DE POTION MAGIQUE?... ET PUIS, EST-CE QU'ON N'EXAGÈRE PAS UN PEU LA PUISSANCE DE CETTE POTION?

OH NON, CAPITAINE!

BON, BON, ALEA JACTA EST, NOUS RETOURNONS EN BRETAGNE.

BING!

PENDANT CE TEMPS, NOS AMIS APPROCHENT DE LA CÔTE BRETONNE...

IL Y A SOUVENT DU BROUILLARD COMME ÇA, CHEZ VOUS?

BONTÉ, NON! SEULEMENT QUAND IL NE PLEUT PAS.

PEU APRÈS...

TU SAIS CE QUI SERAIT BIEN, ASTÉRIX? CE SERAIT UN TUNNEL POUR ALLER DE LA GAULE EN BRETAGNE. COMME ÇA, ON VOYAGERAIT À L'ABRI DE LA PLUIE ET DU BROUILLARD.

ON EN PARLE CHEZ NOUS, DE CE TUNNEL; ON A MÊME COMMENCÉ À LE CREUSER. MAIS ÇA RISQUE D'ÊTRE ASSEZ LONG. PLUTÔT.

JE VAIS VOUS CONDUIRE VERS UNE AUBERGE AMIE, OÙ VOUS PRENDREZ VOTRE PREMIER BRETON REPAS.

ENFIN! JE COMMENÇAIS À AVOIR UN APPÉTIT GROS.

J'ESPÈRE QU'ILS ONT DU SANGLIER!

TU N'AS PAS VU L'ENSEIGNE?

LE RIEUR SANGLIER

ÇA NE VEUT RIEN DIRE. J'AI CONNU UNE AUBERGE QUI S'APPELAIT: "AU BON ACCUEIL" ET...

CHUT, OBÉLIX!

HELLO, PATRON!

BONTÉ! C'EST JOLITORAX!

BSS BSS BSS BSS BSS BSS

JE DIS!

JOLITORAX M'APPREND QUE VOUS ÊTES DES AMIS. JE SUIS HEUREUX DE SECOUER VOS MAINS... JE VAIS VOUS SERVIR UN BON REPAS.

MAIS APRÈS, IL FAUDRA PARTIR. LES ROMAINS SURVEILLENT DE PRÈS L'HEURE DE FERMETURE DES AUBERGES.

TROIS CERVOISES, EN ATTENDANT, PATRON.

BEUH...

ELLES NE SONT PAS ASSEZ TIÈDES, PEUT-ÊTRE? JE PEUX LES FAIRE CHAMBRER...

À TABLE! LE SANGLIER EST SERVI!

AAAAAH!

C'EST ÇA LE RIEUR SANGLIER?... IL N'Y A PAS DE QUOI RIRE!

OBÉLIX, MANGE ET NE FAIS PAS DE COMMENTAIRES! EN BRETAGNE, IL FAUT FAIRE COMME LES BRETONS!

MAIS, BOUILLI AVEC DE LA SAUCE À LA MENTHE, ASTÉRIX!... PAUVRE BÊTE!...

ÇA VA ÊTRE L'HEURE DE FERMER, AUBERGISTE! SERS-NOUS DES CERVOISES EN ATTENDANT!

BONG!

OUI, OUI...JE DISAIS JUSTEMENT À CES MESSIEURS QU'IL ÉTAIT TEMPS DE PARTIR.

HEP! VOUS, LÀ-BAS! UN INSTANT, PAR JUPITER! QUE TRANSPORTEZ-VOUS DANS CE TONNEAU?

DE...DE LA CERVOISE TIÈDE.

?

AH...JE PENSAIS QUE C'ÉTAIT UN PETIT VIN GAULOIS...JE L'AURAIS CONFISQUÉ... MAIS DE LA CERVOISE TIÈDE... BON, PARTEZ!

COMBIEN ÉTRANGE! IL NE SEMBLE PAS AIMER LA CERVOISE TIÈDE!

CROYEZ-VOUS!

ILS SONT FOUS, CES ROMAINS!

LE RIEUR SANGLIER

ÉLOIGNONS-NOUS VITE! IL Y A DES GARNISONS IMPORTANTES LE LONG DE LA CÔTE. NOUS DEVONS NOUS RENDRE À LONDINIUM *. C'EST UNE GRANDE VILLE ET NOUS Y AVONS DES AMIS.

*LONDRES

PENDANT CE TEMPS, DANS L'AUBERGE DU "RIEUR SANGLIER"

DÉCURION!

?

TCHOC

UN MESSAGE DU PRÉFET: TOUTES LES GARNISONS DOIVENT ÊTRE EN ALERTE! ON RECHERCHE DE DAN--GEREUX IRRÉDUCTIBLES! UN BRETON ET DEUX GAULOIS!

PAR MERCURE!

ILS TRANSPORTENT UNE ARME SECRÈTE DANS UN TONNEAU!

LA CERVOISE TIÈDE!!!

PAF!

CLAC

NON, ÇA C'EST UNE ARME CONNUE. IL S'AGIRAIT PLUTÔT D'UNE POTION MAGIQUE.

JE DIS! ÇA, C'EST UN MORCEAU DE CHANCE !

EN ROUTE VERS LONDINIUM! TCHIP! TCHIP!

JE DIS! C'EST VOUS QUI CONDUISEZ DU MAUVAIS CÔTÉ. D'AILLEURS, IL FAUDRA QUE VOUS CHANGIEZ ÇA, SUR LE CONTINENT, QUAND NOUS AURONS FINI DE CREUSER LE TUNNEL SOUS LE MARE BRITANNICUM !

MAIS... TU CONDUIS DU MAUVAIS CÔTÉ DE LA ROUTE, JOLITORAX.

ILS SONT FOUS CES BRETONS !

UNE ROMAINE PATROUILLE !

ALLEZ! ON FONCE À TRAVERS LA ROMAINE PATROUILLE !

NON! ESSAYONS DE PASSER INAPERÇUS. FAISONS DEMI-TOUR.

JE TROUVE QU'ON AURAIT TRÈS BIEN PU FONCER ET...

JE DIS! UNE AUTRE ROMAINE PATROUILLE !

CE SONT EUX, PAR MINERVE !

NOUS SOMMES REPÉRÉS, PAR TOUTATIS! FONÇONS À TRAVERS CHAMPS !

TCHIAOU !

UN PEU PLUS LOIN À TRAVERS CHAMPS...

17

AVEC 2.000 ANS DE SOINS, JE PENSE QUE MON GAZON SERA FORT ACCEPTABLE.

CLIPICLOP! CLIPICLOP! CLIPICLOP! BROUMBROUM! BROUMBROUM!

?!

JE DIS! CECI EST CHOQUANT!

BROUMBROUM BROUMBROUM!

NOUS LES TENONS! ILS SONT CERNÉS!

?!?!?

TCHRRRRR

JE DIS, MESSIEURS, IL EST INTERDIT DE MARCHER SUR LE GAZON.

PAR JUPITER, BRETON! TU T'OPPOSES À LA MARCHE DES REPRÉSENTANTS DE ROME?

MON JARDIN EST PLUS PETIT QUE ROME, MAIS MON PILUM EST PLUS SOLIDE QUE VOTRE STERNUM.

ILS NE NOUS SUIVENT PAS! LONDINIUM EST ENCORE LOIN?

NON, QUELQUES PIEDS... LES ROMAINS MESURENT LES DISTANCES EN PAS, NOUS EN PIEDS.

EN PIEDS?

IL FAUT SIX PIEDS POUR FAIRE UN PAS.

ILS SONT FOUS CES BRETONS!

TOC! TOC! TOC!

18

LONDINIUM. LE PALAIS DU GOUVERNEUR ROMAIN...

...DANS LE BUREAU DUQUEL, L'AMBIANCE N'EST PAS À LA FÊTE !

ILS ONT RÉUSSI À PASSER ENTRE NOS PATROUILLES. ILS SE DIRIGENT VERS LONDINIUM, Ô CAÏUS ROIDEPRUS.

IL FAUT LES CAPTURER, PAR JUNON ! ET SURTOUT, IL ME FAUT LEUR TONNEAU DE POTION MAGIQUE !

ILS VONT SANS DOUTE SE RÉFUGIER DANS UNE AUBERGE. FOUILLEZ TOUTES LES AUBERGES ET CONFISQUEZ TOUS LES TONNEAUX...

ET SI VOUS NE TROUVEZ PAS, JE VOUS FAIS BOUILLIR ET SERVIR AUX LIONS AVEC DE LA SAUCE À LA MENTHE !!!

MAIS C'EST HORRIBLE, ÇA !

OUI, PAUVRES BÊTES !

PENDANT CE TEMPS, DANS UN PETIT BOIS, TOUT PRÈS DE LONDINIUM...

LES ENTRÉES DE LA VILLE DOIVENT ÊTRE GARDÉES... NOUS ATTENDRONS LE BROUILLARD POUR Y PÉNÉTRER.

MAIS ÇA PEUT PRENDRE DU TEMPS, ÇA !

AOH, NON. LE BROUILLARD TOMBE ASSEZ VITE EN CETTE...

...SAISON.

ILS SONT FOUS CES BRETONS !

J'ALLAIS LE DIRE ASTÉRIX !

ALLONS-Y !

PEU APRÈS...

NOUS Y SOMMES !

MAIS IL Y A UNE ÉMEUTE LÀ-BAS !

NON, VOUS AVEZ UN MORCEAU DE CHANCE : CE SONT DES BARDES TRÈS POPULAIRES CHEZ NOUS !

SI ASSURANCETOURIX VOYAIT ÇA !

LÀ, NOUS AVONS DES AMIS.

POM POM POM POM... POM POM POM POM!

LA GAULOISE AMPHORE
SPÉCIALITÉ DE VINS GAULOIS

AH, JOLITORAX ET LES GAULOIS! VOUS POUVEZ ENTRER. IL N'Y A PAS DE ROMAINS.

SALUT RELAX.

VOUS ÊTES RECHERCHÉS PAR LES ROMAINS. IL VAUT MIEUX ATTENDRE QUE CESSE L'AGITATION, EN RESTANT CACHÉS À LONDINIUM. VOUS POURSUIVREZ PLUS TARD VOTRE VOYAGE VERS LE DISSIDENT VILLAGE.

16

JE VAIS CACHER VOTRE TONNEAU DANS MA CAVE PARMI LES TONNEAUX DE VIN GAULOIS.

PEU APRÈS...

QU'EST-CE QUE JE VOUS SERS POUR ARROSER LE SANGLIER BOUILLI? DE L'EAU CHAUDE, DE LA CERVOISE TIÈDE, OU DU VIN ROUGE GLACÉ?

C'EST MA TOURNÉE, BIEN SÛR.

À PROPOS, QUEL GENRE DE MONNAIE UTILISEZ-VOUS, ICI?

AOH, C'EST TRÈS SIMPLE VRAIMENT...

NOUS AVONS DES LINGOTS DE FER QUI PÈSENT UNE LIVRE ET QUI VALENT TROIS SESTERCES ET DEMI, PLUS QUATRE PIÈCES DE ZINC QUI VALENT UNE PIÈCE ET DEMIE DE CUIVRE CHACUNE. LES SESTERCES VALENT DOUZE PIÈCES DE BRONZE ET...

ILS SONT...

BOIS TA CERVOISE, ELLE VA REFROIDIR.

?!?

AU NOM DE CÉSAR, OUVREZ!

POM POM! POM!

16

UNE ROMAINE PATROUILLE! VITE! CACHEZ-VOUS!

ALORS, PAR JUPITER, TU OUVRES?

J'ARRIVE! J'ARRIVE!

POM! POM!

EXCUSEZ-MOI, J'AVAIS QUELQUE CHOSE EN TRAIN DE BOUILLIR SUR LE FEU.

ÇA VA, ÇA VA. NOUS CHERCHONS TROIS HOMMES!

FOUILLEZ, VOUS AUTRES!

QUELQUES INSTANTS PLUS TARD...

NOUS N'AVONS TROUVÉ PERSONNE, MAIS LA CAVE EST PLEINE DE TONNEAUX, DÉCURION!

ALLEZ! ON LES CONFISQUE TOUS!

CECI EST PLUTÔT RÉVOLTANT. VOUS ME RUINEZ!

CE SONT LES ORDRES, AUBERGISTE. NOUS CONFISQUONS TOUS LES TONNEAUX, CAR NOUS CHERCHONS UNE ARME SECRÈTE!

TON NOM EST SUR LES TONNEAUX. SI POUR TON MALHEUR UN DE TES TONNEAUX EST CELUI QUE NOUS CHERCHONS... TU M'AS COMPRIS. AVE.

TOUT CELA EST ASSEZ ENNUYEUX!

ASSEZ.

PLUTÔT.

JE DIS.

AU LIEU DE VOUS ÉNERVER, TROUVONS LE MOYEN DE RÉCUPÉRER NOTRE TONNEAU, AVANT QUE LES ROMAINS NE LE DÉCOUVRENT!

LA NUIT, LES RUES SONT OCCUPÉES SEULEMENT PAR LES ROMAINES PATROUILLES. ILS VOUS FAUDRA ATTENDRE DEMAIN POUR AGIR.

EH BIEN, NOUS EN PROFITERONS POUR NOUS REPOSER.

UN PEU PLUS TARD, LA NUIT TOMBÉE, UN ÉTRANGE SPECTACLE SE DÉROULE DEVANT LE PALAIS DU GOUVERNEUR.

TOUS LES TONNEAUX, QUI SE TROUVAIENT DANS LES AUBERGES DE LA VILLE, SONT CONFISQUÉS ET SE TROUVENT DANS LES CAVES DU PALAIS, Ô CAIUS ROÏDEPRUS!

PARFAIT! ET MAINTENANT, QUE TOUS LES HOMMES SE METTENT À GOÛTER LE CONTENU DES TONNEAUX...

PEUT-ÊTRE AURONS-NOUS AINSI LA CHANCE DE TROUVER PARMI EUX, LE TONNEAU DE POTION MAGIQUE... EXÉCUTION!

18A

ET DANS LES CAVES DU PALAIS, IL NOUS EST DONNÉ D'ASSISTER À NOUVEAU À CE SPECTACLE PRODIGIEUX: LA LÉGION ROMAINE EN TRAIN DE MANŒUVRER!

À MON COMMANDEMENT! CHAQUE LÉGIONNAIRE FACE À UN TONNEAU! CELUI QUI TROUVERA QUE LE LIQUIDE CONTENU A UN DRÔLE DE GOÛT, LE SIGNALERA! DE L'ORDRE! DE LA DISCIPLINE!...

PERRR.....CEZ TONNEAUX!

TCHAC!

18B

?!?!

EH!...VIENS UN PEU ICI, TOI!.

-HIPS!... VOUI?

SPLATCH!

HIHIHIHI!

AU PETIT MATIN...

ALLONS ESSAYER DE RÉCUPÉRER LA MAGIQUE POTION'S TONNEAU. RELAX NOUS PRÊTE SA CHARRETTE. C'EST UN JOYEUX BON GARÇON.

C'EST ÉTRANGE, CES CHARS À DEUX ÉTAGES...

ILS SONT DESTINÉS AU TRANSPORT PUBLIC... EN HOMMAGE À L'EMPIRE ROMAIN, ON LES APPELLE DES IMPÉRIALES.

OMNIBVS·BVS

IV

ET CES PETITS TOITS PORTATIFS?

ÇA, C'EST POUR ÉVITER QUE LE CIEL NE NOUS TOMBE SUR LA TÊTE.

IL EST TROP CHER MON MELON?!?

IL EST!

TU AS VU, ASTÉRIX? CE LONDINIEN EST COIFFÉ D'UN MELON!

NOUS APPROCHONS DU PALAIS.

COMMENT ALLONS-NOUS FAIRE POUR PASSER LES SENTINELLES?

NOUS N'AVONS PAS LE TEMPS DE FINASSER, PAR TOUTATIS! SI ELLES NOUS EMPÊCHENT D'ENTRER, NOUS LEUR DONNONS DES BAFFES!

ÇA C'EST UN TRÈS BON PLAN!

TAP! TAP! TAP!

MAIS LES SENTINELLES ONT UN PEU PERDU DE LEUR RIGIDITÉ COUTUMIÈRE.

HIPS!

...!.

24

ATTENDS-NOUS LÀ, JOLITORAX. SI NOUS NE SORTONS PAS, TU IRAS CHERCHER DU RENFORT.

?

TRÈS BON.

AVÉ PLOMBIERS! ENTREZ TOUS LES QUATRE ET QUE ... HIPS! ... VIVENT LES PLOMBLIERS! ...

HEU ... NOUS SOMMES DES PLOMBIERS ET ...

?

?!?

OUPS! HIHIHIHIHIHIHI HIPS!

SCLONK!

MAIS QUE S'EST-IL PASSÉ ICI?

DIANA

ZZZ

C'EST SANS DOUTE L'ENTRÉE DE LA CAVE ... C'EST LÀ QUE DOIVENT ÊTRE ENTREPOSÉS LES TONNEAUX CONFISQUÉS PAR LES ROMAINS.

21 A

?

J'SUIS LE PLUS COSTAUD! CELUI QUI VEUT GOÛTER À MON TONNEAU, QU'IL Y VIENNE! ... HIPS! ... SANS BLAGUE!

ALLEZ, LES DEUX GROS, LÀ! ... ALLEZ! ... HIPS! ... BATTONS-NOUS!

IL N'Y A PAS DEUX GROS. IL Y EN A UN SEUL ET IL N'EST PAS GROS.

PAF!

TCHONC!

TU N'AURAIS PAS DÛ FAIRE ÇA, OBÉLIX. CE LÉGIONNAIRE NOUS AURAIT PEUT-ÊTRE AIDÉS À RETROUVER NOTRE TONNEAU DE POTION MAGIQUE ...

VOICI LES TONNEAUX CONFISQUÉS CHEZ RELAX ... MAIS LEQUEL EST LE BON?

IL FAUT GOÛTER.

RELAX

21 B

25

GLOU GLOUGLOU

ÇA VA PRENDRE TROP DE TEMPS DE GOÛTER À TOUS CES TONNEAUX. IL NE FAUT PAS S'ATTARDER DANS LE PALAIS; C'EST DANGEREUX!

CH'EST DANGEREUX... HIPS!... MAIS CH'EST BON!

OBÉLIX! TU N'AS PAS HONTE? ARRÊTE DE BOIRE, ET AIDE-MOI À TRANSPORTER TOUS CES TONNEAUX DANS LA CHARRETTE QUI NOUS ATTEND!

VITE! NOUS AVONS PLUSIEURS VOYAGES À FAIRE!

PEU APRÈS...

TOUS LES TONNEAUX SONT DANS LA CHARRETTE. ALLONS-Y, JOLITORAX, ESSAYONS DE NE PAS NOUS FAIRE REMARQUER!

TCHIC! TCHIC!

ILS ONT DES TONNEAUX RONDS, VIVE LA BRETAGNE...

...ILS ONT DES TONNEAUX RONDS, VIVENT LES BRETONS!

OBÉLIX! TAIS-TOI! TU VAS NOUS FAIRE REMARQUER!

BOUHOUHOU! TU NE M'AIMES PAS ASTÉRIX! BOUHOUHOU!

MAIS SI, JE T'AIME OBÉLIX... MAIS TU VAS ATTIRER LES PATROUILLES ROMAINES...

MOI JE T'AIME, ASTÉRIX, ET SI UNE... HIPS! PATROUILLE ESSAIE DE TE FAIRE DU MAL... HIPS! TU VERRAS!!!

AOH. UNE ROMAINE PATROUILLE!

ALLONS DÉPOSER OBÉLIX DANS L'AUBERGE DE RELAX. APRÈS, NOUS RECHERCHE-RONS LA CHARRETTE!

PEU APRÈS...

LA GAULOISE AMPHORE

SPÉCIALITÉ DE VINS GAULOIS

NOUS DEVONS RETROUVER NOTRE TONNEAU DE POTION!

NOUS DEVONS!

PENDANT CE TEMPS, DANS LA COUR DU PALAIS DU GOUVERNEUR...

LÉGIONNAIRES! JE NE SUIS PAS FIER DE VOUS! VOUS VOUS ÊTES CONDUITS COMME DES BARBARES ET DES DÉCADENTS! SI JULES CÉSAR APPREND ÇA, UN FESTIN SE PRÉPARE POUR LES LIONS DU CIRQUE MAXIME!

COMPRIS!

QU'ON ME MANGE, MAIS QU'ON CESSE DE CRIER...

LES SEULS TONNEAUX QUI ONT DISPARU, SONT CEUX DE L'AUBERGISTE RELAX!

EH BIEN, QUE L'ON FOUILLE CETTE AU--BERGE ET QUE L'ON ARRÊTE TOUS CEUX QUI S'Y TROUVENT!!!

NOUS ALLONS CHERCHER LES GAULOIS.

NOUS, NOUS LES AVONS TROUVÉS.

24

ÇA FAIT DES HEURES QUE NOUS PARCOURONS LONDINIUM... IMPOSSIBLE DE TROUVER CETTE CHARRETTE !

C'EST COMME CHERCHER UNE AIGUILLE DANS DU FOIN EN BOTTES !

OH ! L'AUBERGE DE RELAX !!!

MA BONTÉ !!!

QUE S'EST-IL PASSÉ ?

LES ROMAINS SONT VENUS, ILS ONT TOUT FOUILLÉ, TOUT CASSÉ ET ILS SONT PARTIS AVEC DEUX PRISONNIERS : RELAX ET UN GROS QUI DORMAIT AVEC DES CASQUES SUR LE VENTRE.

MON OBÉLIX PRISONNIER DES ROMAINS !

COURAGE, ASTÉRIX ! GARDEZ VOTRE LÈVRE SUPÉRIEURE RIGIDE !

NOUS LES RETROUVERONS ! OBÉLIX ET LA POTION MAGIQUE, PAR TOUTATIS !

PAF !

25ᴬ

OÙ PEUVENT-ILS LES AVOIR EMMENÉS ?

À LA LONDINIUM TOUR, JE PENSE. C'EST LA PRISON LA PLUS SÛRE DE LA VILLE ! IL N'Y A QUE DEUX PORTES, ET ELLES SONT BIEN GARDÉES.

EH BIEN, BUVONS CE QU'IL NOUS RESTE DE POTION MAGIQUE ET ALLONS-Y !

POP !

CROAAA !

CROAAA !

CRÔAAA !

LA SINISTRE TOUR DE LONDINIUM !

ET DANS UN CACHOT, TOUT EN HAUT DE LA TOUR...

À LONDINIUM TOUR... J'AI BIEN PEUR QUE NOTRE COMPTE SOIT BON.

OÙ... OÙ SUIS-JE ?

MAIS MÊME S'ILS NOUS FONT BOUILLIR AVEC DE LA SAUCE À LA MENTHE, NOUS NE PARLERONS PAS !

NE CRIONS PAS SURTOUT !

25ᴮ

29

AÏE!

OUÏLLE!

NON!

ASSEZ!

PAR JUPITER!

HOULA LA!

OBÉLIX! OÙ ES-TU?

C'EST ASTÉRIX QUI EST LÀ-HAUT! MONTONS LE REJOINDRE!

VOUS VOULEZ REVENIR DANS LA TOUR?!

ASTÉRIX! JE SUIS LÀ! JE MONTE!

OBÉLIX! JE DESCENDS!

AÏE!

OUÏLLE!

ENTREZ OU SORTEZ, MAIS CESSEZ DE NOUS TAPER DESSUS, PAR JUPITER!

ASSEZ!

NON!

ET ENFIN...

PORTE II

J'AI HONTE POUR TOUT CE QUI S'EST PASSÉ, ASTÉRIX.

IL NE S'EST RIEN PASSÉ, OBÉLIX.

ÇÀ, C'EST LA MEILLEURE!

PEU APRÈS, DANS LE PALAIS DU GOUVERNEUR...

COMMENT: ÉVADÉS??

RETROUVEZ-LES, OU JE FAIS NOYER TOUTE LA GARNISON DANS DE LA CERVOISE TIÈDE!!!

DES BRETONS! DES GAULOIS! DES IVROGNES!... J'EN AI ASSEZ! ASSEZ! ASSEZ!

SANGLOTE

31

JE VOUS CONDUIS CHEZ UN DE MES COUSINS AUBERGISTE COMME MOI. IL S'APPELLE SURTAX. PEUT-ÊTRE POURRA-T-IL NOUS AIDER.

JOYEUSE BONNE IDÉE.

RELAX, MON COUSIN! JE SUIS FOLLEMENT HEUREUX DE VOUS VOIR. J'AI APPRIS VOTRE ARRESTATION PAR LES ROMAINS. J'ÉTAIS EN DEHORS DE MES ESPRITS AVEC L'INQUIÈTUDE!

JE SUIS FOLLEMENT HEUREUX AUSSI, SURTAX!

ARRÊTONS-LÀ LES EFFUSIONS. J'AI QUELQUE CHOSE À VOUS MONTRER.

UN HOMME LOUCHE, BIEN QUE BRETON, EST VENU ME VENDRE UN TONNEAU MARQUÉ À VOTRE NOM.

?!? !?

RELAX

C'EST UN DES TONNEAUX VOLÉS!

MAIS HÉLAS! CE N'EST PAS DE LA POTION MAGIQUE.

J'AI FAIT SUIVRE CET HOMME. J'AI SON ADRESSE: ALLÉE DU PARC, N° LVII.

BON GARÇON!

C'EST LOIN, ÇA?

ASSEZ.

VOUS FERIEZ MIEUX DE MANGER UN PEU DE SANGLIER BOUILLI AVANT DE PARTIR.

ALLONS CHERCHER LE VOLEUR TOUT DE SUITE!

UN PEU PLUS TARD...

NOUS Y VOICI...

IL NE RESTE QU'À CHERCHER LE N° LVII

C'EST UNE CHANCE D'AVOIR LE NUMÉRO. LA DESCRIPTION DE LA MAISON N'AURAIT PEUT-ÊTRE PAS SUFFI.

28

LVII C'EST ICI.

ON Y VA ASTÉRIX ?

ON Y VA, OBÉLIX !

CRAAAC !

FRP FRP

JE DIS ! QUELLE EST CETTE INTRUSION ? CHOQUANT !

CALMEZ-VOUS, PÉTULA. CES HOMMES NOUS EXPLIQUERONT LEUR FAÇON D'AGIR. QUOI ?

FOYER DOUX FOYER

JE DIS ! EST-CE BIEN LE N° LVII, ICI ?

NON, CE N'EST PAS ICI, C'EST LE N° LVIII, MAIS IL Y A UN I QUI EST TOMBÉ.

NOUS NOUS SOMMES TROMPÉS. NOUS VOUS REMBOURSERONS VOTRE PORTE. NOUS EXCUSEREZ-VOUS ?

PLUTÔT. QUOI ?

FOYER DOUX FOYER

PÉTULA, VOUS ME RAPPELEREZ DE REPLACER LE I QUI MANQUE. ET MAINTENANT, JE PRENDRAIS BIEN UNE TASSE D'EAU CHAUDE AVEC DES RÔTIES.

LE TEMPS

CETTE FOIS-CI, JE CROIS QUE C'EST ICI.

ON Y VA, ASTÉRIX ?

ON Y VA, OBÉLIX !...

CRAAAC !

C'EST BIEN LE LVII, ICI ? IL NE VOUS MANQUE PAS DE I ?

OU...OUI, N...NON, MAIS DE QUEL DROIT ?...

29

33

AH!

QUE VOULEZ-VOUS DIRE PAR LÀ ?

CE TONNEAU!

JE... JE L'AI ACHETÉ LÉGALEMENT...

NON. CE N'EST PAS LA MAGIQUE POTION.

SNIFF! SNIFF!

VOLEUR !

TU PARLERAS, PAR BÉLÉNOS !

CRAC!

NOS VOISINS SONT ÉTRANGEMENT BRUYANTS AUJOURD'HUI, N'EST-IL PAS, PÉTULA ?

IL EST. UN NUAGE DE LAIT DANS VOTRE EAU CHAUDE ?

CLANG!

PLUTÔT.

PARLERAS-TU? PARLERAS-TU?

PARLERAS-TU, PAR TOUTATIS!?

OW... JE DIS! J'AIMERAIS QUE LE VOISIN PARLE, PÉTULA, POUR QUE JE PUISSE LIRE MON JOURNAL TRANQUILLEMENT!

JE PARLERAI!!

JE PARLERAI!

AH! ÇA C'EST BIEN.

CLIC! CLIC! CLIC!

J'AI VOLÉ VOTRE CHARRETTE ET J'AI VENDU TOUS LES TONNEAUX SAUF CELUI-CI... J'AI LES NOMS ET LES ADRESSES DE TOUS MES CLIENTS... JE PEUX AUSSI VOUS DONNER LA LISTE DE TOUT CE QUE J'AI VOLÉ LE MOIS DERNIER...

30

NOUS ALLONS VISITER TOUS LES AUBERGISTES DONT LES NOMS FIGURENT SUR CETTE LISTE... ILS ONT TOUS ACHETÉ LES TONNEAUX VOLÉS, ET L'UN D'EUX EST EN POSSESSION DE LA POTION MAGIQUE !

PEU APRÈS...

MESSIEURS ?

AVEZ-VOUS ACHETÉ DES TONNEAUX DE VIN MARQUÉS AU NOM DE RELAX ?

UN TONNEAU, OUI. LES ROMAINS ONT CONFISQUÉ TOUS LES AUTRES TONNEAUX QUE JE POSSÉDAIS. QUE PRENDREZ-VOUS ?

UNE COUPE DE VIN.

UNE COUPE POUR TROIS ? VOUS ÊTES CALÉDONIENS※, JE PRÉSUME ?

※ÉCOSSAIS.

OUI, C'EST BIEN DU VIN.

SNIFF ! SNIFF ! SNIFF !

SNIFF ! SNIFF ! SNIFF !

BONTÉ GRACIEUSE ! BIEN SÛR QUE C'EST DU VIN ! VOUS POUVEZ LE BOIRE EN TOUTE CONFIANCE.

NON, MERCI. C'ÉTAIT POUR VOIR SEULEMENT.

AUBERGE DE L'ANGLE

CE SONT EUX !

ON Y VA ?

NON ! JE VEUX SAVOIR CE QU'ILS FAISAIENT DANS CETTE AUBERGE !

ILS VOULAIENT VOIR MON VIN ! VOUS AVEZ DE DRÔLES DE COUTUMES SUR LE CONTINENT !

ÉTRANGE, EN EFFET...

J'AI COMPRIS, PAR JUPITER ! LES GAULOIS ONT ÉGARÉ LEUR TONNEAU ET ILS LE CHERCHENT ! NOUS N'AVONS QU'À LES SUIVRE, ILS NOUS CONDUIRONT JUSQU'À LA POTION MAGIQUE !

31

NOUS AVONS VISITÉ PRESQUE TOUTES LES AUBERGES DE LA LISTE, SANS RÉSULTAT... ESSAYONS ENCORE ICI.

JE N'AI JAMAIS VU AUTANT DE VIN.

VOIR UN PETIT COUP C'EST AGRÉABLE, MAIS À LA LONGUE, C'EST MONOTONE.

OUI, J'AI ACHETÉ UN TONNEAU DE VIN GAULOIS, MAIS JE L'AI REVENDU AUX JOUEURS DE L'ÉQUIPE DE CAMULODUNUM : ILS REN-CONTRENT DUROVERNUM DEMAIN, VOUS SAVEZ, BIEN SÛR.

DE QUOI PARLE-T-IL ?

AOH. C'EST UN JEU QUI NOUS PASSIONNE, NOUS, BRETONS. IL SE JOUE AVEC UNE CALEBASSE ET TRENTE BRETONS, PARTAGÉS EN DEUX ÉQUIPES DE XV.

UNE RENCONTRE COMPTANT POUR LE TOURNOI DES CINQ TRIBUS DOIT AVOIR LIEU DEMAIN, PRÈS DE LONDINIUM.

JE SUIS FIER D'AVOIR VENDU MON TONNEAU AUX JOUEURS DE CAMULODUNUM...

ALLEZ, CAMULODUNUM !!!

Toc!Toc!Toc!

J'ESPÈRE QUE LE VIN EST BON ET QU'IL LES AIDERA À OBTENIR LA VICTOIRE, JE DIS !

SI C'EST LE TONNEAU QUE JE CROIS, ILS NE PEUVENT PAS PERDRE !

LE LENDEMAIN, NOS AMIS SE DIRIGENT VERS LE STADE OÙ DOIT AVOIR LIEU LA RENCONTRE ENTRE LES ÉQUIPES DE CAMULOPUNUM ET DUROVERNUM.

IL Y A DU MONDE !

OUI. CE JEU EST ASSEZ POPULAIRE, PLUTÔT.

VIVE DUROVERNUM

ALLEZ DUROVERNUM

ALLEZ CAMULODUNUM

VIVE CAMUL

VIVE CAMULODURUM

ALI DUROVERN

CE QUI M'INQUIÈTE, C'EST QUE LES ROMAINS NE NOUS DÉRANGENT PAS.

PEUT-ÊTRE QU'ILS EN ONT EU ASSEZ DE SE FAIRE TAPER DESSUS. BEAUCOUP DE GENS SONT COMME ÇA : ON LEUR TAPE DESSUS, ET ILS EN ONT ASSEZ.

MAIS LES ROMAINS NE SONT PAS LOIN !

BON ! C'EST COMPRIS, PAR MERCURE ? VOUS VOUS MÊLEZ À LA FOULE ET VOUS OUVREZ L'ŒIL !

LE DÉCURION A DIT : EN CIVIL, IMBÉCILE !

ET ALORS ? JE NE SUIS PAS EN CIVIL ?

NOUS VOULONS VOIR L'ÉQUIPE DE CAMULODUNUM !

FAITES COMME TOUT LE MONDE : ALLEZ ACHETER VOS BILLETS. POUR LE MÊME PRIX, VOUS VERREZ LES DEUX ÉQUIPES, MON BON AMI.

ENTRÉE DES JOUEURS (INTERDIT AU PUBLIC)

QUI N'A PAS SA SAUCE À LA MENTHE ?!!

CERVOISE BIEN TIÈDE !

EAU CHAUDE ! EAU CHAUDE !

ACHETEZ LES FANIONS ET INSIGNES DE VOS FAVORITES ÉQUIPES !

?!?

ENTRÉE DES SPECTATEURS

CAISSE

CLAC

JE DIS. VOICI NOS PLACES.

EXPLIQUE-NOUS LA RÈGLE DU JEU, JOLITORAX.

...RÈS SIMPLE, VRAIMENT. ON A PRATI- QUEMENT LE DROIT DE TOUT FAIRE POUR PORTER LA CALEBASSE DANS LES BUTS DE L'ADVERSAIRE. SEUL, L'USAGE DES ARMES EST INTERDIT, SAUF ACCORD PRÉALABLE...

VIVE CAMULODUNUM

VIVE DUROVERNUM

OUIiiiiiiN!

GNiiiiiiNNN!

BOUM! BOUM!

...VOICI LES BARDES CALÉDONIENS...

VOICI L'OIE SACRÉE DE L'ÉQUIPE DE CAMULODUNUM...

ALLEZ CAMULODUNUM!

...VOICI LA POULE DE DUROVERNUM...

VIVE DUROVERNUM!

ET VOICI LES JOUEURS!!!

33

ALLÉZ CAMULODUNUM!

VIVE DUROVERNUM!

PON!

ÇA, C'EST LE DRUIDE ARBITRE QUI DONNE LE SIGNAL DU COUP D'ENVOI DE LA CALEBASSE...

BLAM!

ALLEZ DUROVERNUM

BONG! BONG! BONG! BONG!

IL FAUT INTRODUIRE CE JOLI JEU EN GAULE!

OUI, MAIS L'ÉQUIPE DE CAMULODUNUM NE SEMBLE PAS DOMINER... ET SI LES JOUEURS AVAIENT BU DE LA POTION MAGIQUE...

PON!

?!?

BONG! BONG! BONG!

NON...CE N'EST PAS DE LA SIMULATION... SOIGNEURS!

ALLEZ DUROVERNUM

LA SAISON EST FINIE POUR LUI, N'EST-IL PAS?

PLUTÔT.

REGARDEZ! LE TONNEAU!

MAINTENANT, NOUS ALLONS VOIR S'IL S'AGIT DE LA POTION MAGIQUE.

BONG!

BONG!

BONG!

YAHOUOU!

¡PIPOURAX! ¡PIPOURAX! ¡PIPOURAX!

¡PIPOURAX?

C'EST SON NOM.

TCHRRIIIII!

SCORE

CAMVLODVNVM VERSVS DVROVERNVM

III III

JE DIS, VIEIL HOMME, C'EST BIEN TOI QUI M'AS PIÉTINÉ LA FIGURE, N'EST-IL PAS ?

ESSAYONS DE CONSER- VER NOTRE CALME. CECI N'EST QU'UN JEU, ET TOUTE CETTE SORTE DE CHOSES.

¡PIPOURAX A MARQUÉ UN ESSAI. MAINTENANT, IL VA TÂCHER DE RÉUSSIR LA TRANSFORMATION !

SCORE

CAMVLODVNVM VERSVS DVROVERNVM

VIIII · III

C'EST BIEN LA POTION MAGIQUE. ALLONS-Y !

CORNE DE BOUC GARÇON ! QUI T'A PERMIS D'ABANDONNER TON POSTE DE VIGIE ?

J'AI 'EÇU UNE CALEBASSE SU' LE C'ÂNE !

TRAVERSONS LE TERRAIN POUR RÉCUPÉRER LE TONNEAU DE POTION MAGIQUE!

CLAP! CLAP!

CLAP!

LÉGIONNAIRES EN CIVIL! SUIVONS-LES!

ALORS MOI, QU'EST-CE QUE JE FAIS?

NON! NON! C'EST DÉJÀ ASSEZ CONFUS COMME ÇA! LES NON-JOUEURS, HORS DU TERRAIN!

CLAP! CLAP!

PAF!

AU NOM DE ROME, ÉCARTE-TOI!

OUI! NOUS SOMMES DES LÉGIONNAIRES!

SCORE

CAMVLODVNVM VERSVS DVROVERNVM

LVII III

X

NOUS VOUDRIONS ACHETER CE TONNEAU.

AOH. TOUT À FAIT IMPOSSIBLE. NOUS EN AVONS BESOIN POUR SOIGNER LES JOUEURS.

RELAX

SAISISSEZ CE TONNEAU!

LES ROMAINS!

OBÉLIX! À LA RESCOUSSE, PAR TOUTATIS!!!

J'ARRIVE!

CELUI-CI, IL NE PASSERA PAS...

...JE DIS!

PATCHOC!

ILS S'ÉLOIGNENT. NOUS POUVONS REGAGNER LA RIVE.

LEUR PROJECTILE EST TOMBÉ EN PLEIN SUR LE TONNEAU DE POTION MAGIQUE !

ILS NE NOUS ONT MÊME PAS LAISSÉ LE TEMPS DE LEUR TAPER DESSUS, CES ROMAINS !

ILS N'ONT PAS ÉTÉ FRANC JEU !

NE SOIS PAS ABATTU, MON BON OBÉLIX. NOUS IRONS AIDER JOLITORAX DANS SON VILLAGE À COMBATTRE LES ROMAINS, MÊME SANS POTION MAGIQUE.

VOUS SEREZ LES BIENVENUS. C'EST UNE SÛRE CHOSE.

SNIFF! SNIFF!

ET AINSI, SANS ÊTRE DÉRANGÉS PAR LES ROMAINS QUI LES CROIENT DISPARUS, NOS TROIS AMIS PARTENT VERS CE PETIT VILLAGE DANS LE CANTIUM, QUI RÉSISTE TOUJOURS À L'ENVAHISSEUR. LA POTION MAGIQUE, ELLE, S'EST DILUÉE DANS LES EAUX GLAUQUES DE LA TAMISE...

...CE QUI AURA POUR CONSÉQUENCE DE FAIRE CONNAÎTRE DES ÉMOTIONS ÉTRANGES AUX PÊCHEURS, CETTE SAISON-LÀ...

JE DIS! ÇA MORD!

...CAR LES PLUS PETITS POISSONS FONT BOIRE LA TASSE AUX PÊCHEURS...

...CE QUI PERMET AUX PÊCHEURS QUI ONT BU LA TASSE, DE RÉDUIRE AU SILENCE LES AUTRES PÊCHEURS AMUSÉS PAR L'INCIDENT.

TCHAC!

QUELQUES JOURS PLUS TARD, NOS AMIS ARRIVENT DANS LE VILLAGE DE JOLITORAX, OÙ ILS SONT ACCUEILLIS PAR LE CHEF ZEBIGBOS, ET SES PRINCIPAUX ADJOINTS: O'TORINOLARINGOLOGIX, ET MAC ANOTÉRAPIX...

VOUS AVEZ PU FRANCHIR LES ENNEMIES LIGNES?

OUI, ILS SEMBLENT TRÈS SÛRS D'EUX-MÊMES. NOUS N'AVONS ÉTÉ INTERPELÉS QUE PAR UNE SEULE PATROUILLE!

ET POURTANT, JE N'AVAIS PAS LE CŒUR À RIRE.

VOUS AVEZ DONC PERDU LA MAGIQUE POTION ?... ALORS, NOUS SOMMES PERDUS. APPRENANT LA NOUVELLE, LES ROMAINES LÉGIONS VONT NOUS ENVAHIR !

NOUS MOURRONS LES ARMES À LA MAIN, JE DIS !

JOYEUSE BONNE IDÉE !

NE DÉSESPÉREZ PAS, PAR TOUTATIS! J'AI RETROUVÉ DANS MA POCHE DES HERBES DE MON VILLAGE QUI ME PERMETTRONT DE FAIRE DE LA POTION MAGIQUE !

APPORTEZ-MOI UNE MARMITE PLEINE D'EAU CHAUDE ! JE VAIS VOUS PRÉPARER LA POTION MAGIQUE !

?.

NOUS SOMMES SAUVÉS! N'EST-CE PAS MERVEILLEUX ?

C'EST!

VRAIMENT, C'EST!

TU SAIS PRÉPARER LA POTION MAGIQUE, ASTÉRIX ?

NON, OBÉLIX. SEUL PANORAMIX, NOTRE DRUIDE, POSSÈDE LE SECRET DE LA POTION MAGIQUE ...

QUAND NOUS SOMMES PARTIS DE NOTRE VILLAGE, J'AI PRIS CES HERBES CHEZ PANORAMIX. PEUT-ÊTRE ONT-ELLES DES VERTUS QUE NOUS IGNORONS; EN TOUT CAS, ELLES REDONNE-RONT COURAGE À NOS AMIS BRETONS.

41 A

VOICI LA CHAUDE EAU !

JE DIS! QUEL MORCEAU DE CHANCE QUE VOUS PUISSIEZ PRÉPARER LA POTION !

CE SERA LONG ?

C'EST PRÊT.

AH?... C'EST AUSSI SIMPLE QU'UNE RECETTE DE CHEZ NOUS... JE VAIS APPELER MES GUERRIERS

AOH. JE ME MÉFIE DE LA GAULOISE CUISINE.

IL N'Y A PAS D'AIL DANS CETTE MAGIQUE POTION, AU MOINS ?

POURRAIS-JE AVOIR UN NUAGE DE LAIT AVEC MA MAGIQUE POTION ?

ILS SONT FOUS, CES BRETONS !

TOC! TOC! TOC!

TOC! TOC! TOC!

ET MAINTENANT, IL NE NOUS RESTE PLUS QU'À ATTENDRE LA ROMAINE ATTAQUE !

41 B

SI LA RUSE D'ASTÉRIX A REDON-NÉ COURAGE AUX BRETONS, UNE BONNE NOUVELLE AMÉLIORE LE MORAL DES ROMAINS.

AVÉ, GÉNÉRAL! LE GOUVERNEUR CAÏUS ROÏDEPRUS M'ENVOIE TE DIRE QUE LA POTION MAGIQUE EST AU FOND DE L'EAU AVEC LES GAULOIS QUI LA CONVOYAIENT!

PAR JUPITER! LE MOMENT EST VENU D'ATTAQUER!!!
RASSEMBLEMENT!
SONNEZ, BUCCINS ET TROMPETTES!!!

TARARIiiiiii TARARAAAA

ENCORE UNE FOIS, IL NOUS EST DONNÉ D'ASSISTER AU PRODIGIEUX SPECTACLE DE LA LÉGION ROMAINE EN TRAIN DE MANŒUVRER...

CENTURIONS, DÉCURIONS ET LÉGIONNAIRES! NOS ADVER-SAIRES ASSIÉGÉS ONT PERDU À LA FOIS LA POTION MAGIQUE ET LEURS ALLIÉS GAULOIS!... TOUT PÉRIL EST ÉCARTÉ!...

... EN CARRÉ...

À VAINCRE SANS PÉRIL, ON ÉVITE DES ENNUIS!... PAR CONSÉQUENT...

42A

... EN TRIANGLE ...

À L'ATTAQUE!!!

LÉGIONNAIRES! JE VOUS SIGNALE QUE NOUS SOMMES LÀ, ET QUE NOUS AVONS DE LA POTION MAGIQUE! IL EST ENCORE TEMPS DE VOUS RENDRE!

... EN ROND!

JE LE CONNAIS, CELUI-LÀ! J'ÉTAIS EN GARNISON À AQUARIUM; C'EST ASTÉRIX!

ET SI ASTÉRIX EST LÀ, SON COPAIN OBÉLIX N'EST PAS LOIN!

ET ILS ONT DONNÉ DE LA POTION MAGIQUE AUX BRETONS!

QUEL OBÉLIX? PAS LE FOU?!!!

C'EST PAS UN PEU FINI, NON?! À L'ATTAQUE!!!

MAIS OUI! À L'ATTAQUE! OBÉISSEZ À VOTRE CHEF!...

BONG! BONG! BONG!

... DE LA DISCIPLINE, PAR TOUTATIS! À L'ATTAQUE, S'IL VOUS PLAÎT!

ALLONS-NOUS, ASTÉRIX?

ALLONS-Y, ZEBIGBOS!

42B

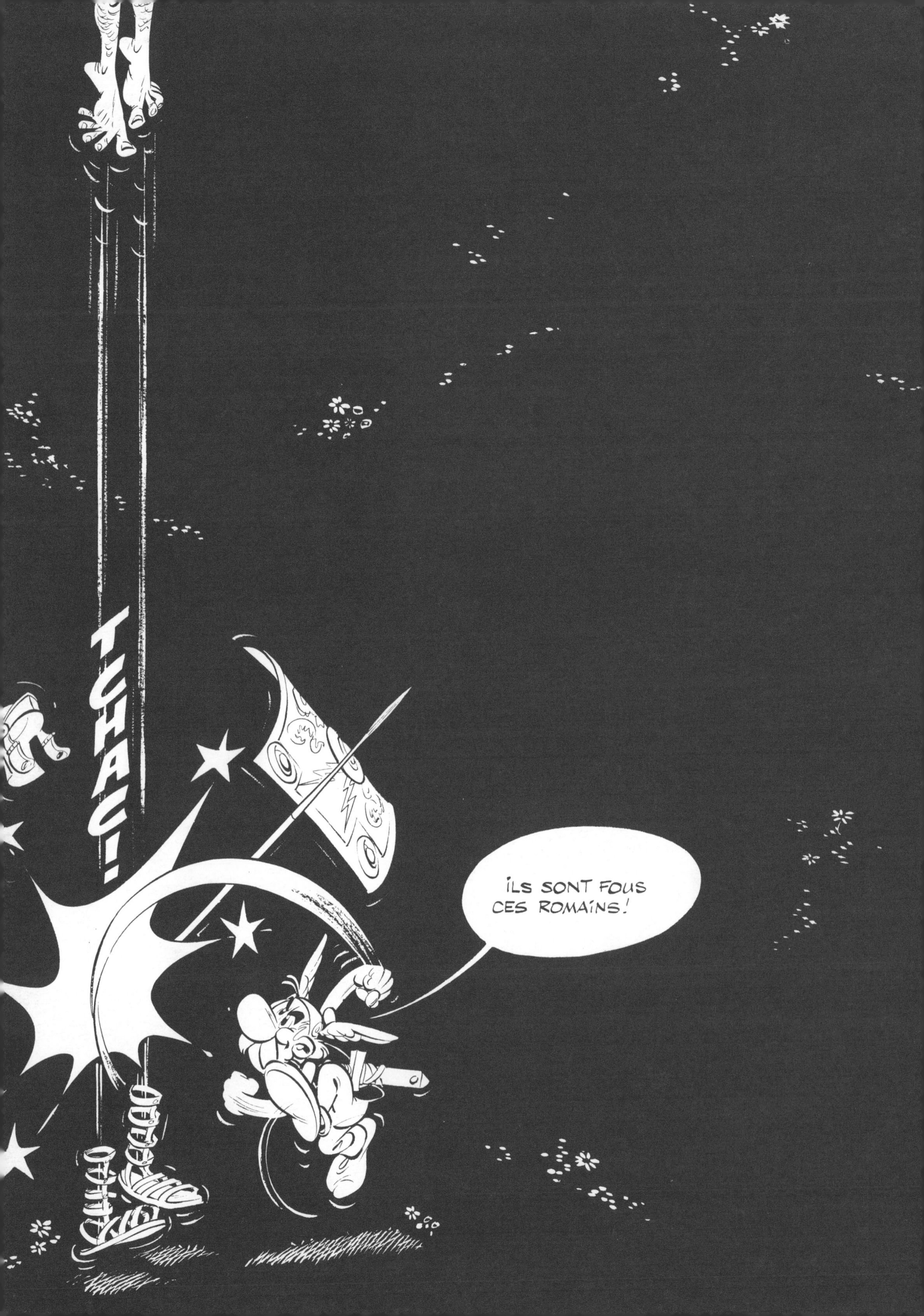
TCHAC!
ILS SONT FOUS CES ROMAINS!